AF242829

NIEDERBRONN.

DEUX ÉPITRES.

1860

STRASBOURG, TYPOGRAPHIE DE G. SILBERMANN.

LA NAÏADE DE NIEDERBRONN EN 1855.

EPITRE A M. LOUIS SPACH,

ARCHIVISTE EN CHEF DU BAS-RHIN.

Niederbronn, le 14 août 1855.

Tandis que tu pâlis sur des trésors poudreux,
Pour tirer des lingots de nos vieilles archives;
Ou que tu nous redis en termes chaleureux,
Les gloires que le Rhin vit naître sur nos rives,
Un quart-d'heure avec toi je veux m'entretenir,
Et t'offrir, en courant, quelques fleurs fugitives
Du sein de mon exil qui va bientôt finir...

Depuis dix jours je suis aux pieds de la Naïade
Qui vaut à *Niederbronn* de constants visiteurs;
Tandis que du public le flot se porte à *Bade*,
Je reviens auprès d'elle invoquer ses faveurs.
Veux-tu savoir comment je passe ma journée?
Quelle est de mes plaisirs la chaîne fortunée?
Je vais te la tracer sans forcer les couleurs.

La vie à *Niederbronn* aisément se résume :
L'on se baigne et l'on boit... au gré de ses désirs;
L'on fait ses deux repas, on marche, on cause, on fume..
Mais, Dieu-merci! je sais me créer des plaisirs
Et parer aux ennuis qu'un tel régime entraîne.
Pleut-il? mon violon vient charmer mes loisirs;

Fait-il beau? dans les bois gaîment je me promène,
Et me délasse à l'ombre avec un bon auteur :
Tantôt c'est La Bruyère ou mon cher Lafontaine,
Tantôt c'est Lamartine ou Schiller qui m'enchaîne...
Parfois je trouve encor quelque aimable causeur,
Quelque femme d'esprit, ou quelque homme de cœur;
Mais c'est un grand hasard, une bonne fortune,
Et loin des miens je sens partout une lacune!
Je suis déjà d'un âge où tout pâlit aux yeux,
Où, ce qui plaît au monde est souvent ennuyeux,
Où les plaisirs bruyants ont perdu leur empire :
C'est notre sort commun, il faut bien y souscrire!
Chaque âge a ses plaisirs, ses compensations,
Et se berce aux reflets de ses illusions.
Mais je n'en vais pas moins, grâce à ma destinée,
Tous les soirs au salon terminer ma journée.
Là, souvent je retrouve un cercle assez nombreux
De baigneurs, d'étrangers, de charmantes familles.
Aux sons d'un piano qu'on fait parler à deux,
La danse invite, anime et les fils et les filles ;
A la valse, aux polkas succèdent les quadrilles...
A défaut de danseurs on joue aux Petits-jeux,
Qui, dédaignés ailleurs, font ici des heureux.
Des quatuor de Whist absorbent le vieux monde,
Qui pour de vains *honneurs* se dispute, ou se gronde...
Comme aimable surprise, il se produit parfois
Un pianiste habile, ou quelque belle voix.
Dès lors à l'écouter tout le salon s'apprête,
Hors tel partner du whist, sourd à pareille fête...
Ainsi le Temps nous berce et nous sourit le soir :
Quand le couvre-feu sonne, on se dit : «Au revoir.»

L'un prend son Vitchoura, l'autre s'encapuchonne ;
Les falots vont en tête et les riflards sont prêts.
Voilà comment finit maint jour que Dieu nous donne :
Ailleurs on veille tard ; à Niederbronn jamais !
Avant minuit tout dort ; la Naïade l'ordonne,
Et les baigneurs prudents respectent ses arrêts.

Je croyais bien pouvoir, plus près de la Nature,
M'occuper et d'étude et de littérature ;
Mais à peine au travail me suis-je un peu livré,
Que l'onde que j'absorbe éteint le feu sacré.
C'en est fait, mon Ami, je m'en retourne à vide,
Et vis *sur mon passé* comme un vieux Invalide.

Hier je me suis encor promené dans les bois :
Leur fraîcheur, leur silence excitaient à la fois
Les pensers élevés, la douce rêverie...
Loin des lieux où s'ébat l'esprit de coterie,
Tout parlait à mes yeux, tout ravissait mon cœur.
Je me sentais renaître à l'espoir, au bonheur...
Dans ces moments si doux, loin d'un monde profane,
Près d'un ruisseau limpide, au murmure enchanteur,
Tu m'aurais vu fumer la feuille de Havane,
Dont la vapeur suave, en mille anneaux divers,
Allait en ondulant se fondre dans les airs.
Ces cercles fugitifs me retraçaient l'image
Des vœux, des vains projets qui sont notre partage.
Dans ce calme parfait enfin je m'assoupis,
Et je vais te conter le songe que je fis :

Dans un vaste Jardin, servant de promenade,
Je vis un pavillon d'un style assez banal.

Au bassin circulaire, une belle Naïade
Déversait de son Urne un liquide cristal.
Dès qu'elle m'aperçut, un gracieux sourire
M'exprima son accueil... Puis je l'ouïs me dire :
« Oh ! sois le bienvenu, fidèle adorateur,
Qui depuis quatorze ans, viens par reconnaissance,
A mon Urne puiser la santé, la vigueur !
Dans nos temps signalés par un flot d'inconstance,
Je sais apprécier ton retour si flatteur.
Aussi pour te prouver toute ma confiance,
De mes ennuis secrets je veux en ce moment,
Sans crainte ni détour te faire confidence...
Depuis trois ans j'éprouve, en gardant le silence,
La froideur qui précède un vrai délaissement.
C'est en vain que mon onde opère maint prodige ;
Si l'on veut me sauver, il faut que le secours
Vienne arrêter, à temps, des faits le triste cours.
L'on me vante au dehors; ici l'on me néglige !
Ailleurs les visiteurs jouissent du prestige
De splendides salons, de succulents repas,
De concerts et de bals pleins de charme et d'appas ;
Ils trouvent des Laïs et surtout la Roulette ;
Tandis qu'à *Niederbronn* je ne provoque pas
Les passe-temps princiers, l'abus de la toilette,
Le luxe des chevaux, les titres fastueux,
Le blason, les valets et la vaine étiquette...
A l'ombre de mon Urne enfin l'on vit heureux,
Et l'on savoure en plein, sans gêne et sans rudesse
La douce liberté que le bon sens nous laisse !...
Mais si le marbre et l'or brillent chez nos voisins ;
Si le *Jeu* leur fournit de scandaleux engins

Pour donner du relief à leurs nombreuses sources,
Faut-il nous endormir et leur céder le pas?
Notre pays est-il donc à bout de ressources?
Méconnaît-il nos vœux? Non, je ne le crois pas.
Mais tout en ménageant le Budget de la France
Ou du Département, je voudrais sans débats
Que l'on pût satisfaire à ma juste exigence,
Et qu'un effort d'en-bas, un bon vouloir d'en-haut
Parvinssent à créer le secours qu'il me faut.
Ce qui manque à ma source, et chacun le répète,
C'est un bon *Promenoir,* refuge protecteur,
Où, l'orage arrivant, tout le monde baigneur
Puisse des eaux du ciel garer du moins sa tête,
Alors qu'il a déjà mon onde sur le cœur...
Qu'on laisse donc, à temps, tomber une miette
Du Festin du Budget, et que l'on sache enfin
Par des soins assidus attirer les familles,
Et leur faire chérir les bords de mon bassin.
Venez donc, chers Parents et danseuses gentilles!
Venez à *Niederbronn,* partisans d'outre-Rhin!
Venez jouir en paix de mon vallon divin :
Mon Urne est aussi riche en maris pour vos filles,
Et puis... à des *Français* vous donnerez le pain!»

La Naïade à ces mots, d'un filet d'eau m'arrose
Et m'éveille soudain, puis m'offrant double dose
Du liquide cristal, me dit avec douceur;
«J'aime à compter sur toi, bien-aimé visiteur;
«Tu me dois la santé; tu vas plaider ma cause!...»

Mon digne Ami, voilà le rêve que je fis :

Dans ma perplexité pour toi je le transcris.
Je ne sais maintenant ce qu'il me reste à faire.
Dois-je pour être utile, ou parler, ou me taire?
De la publicité si j'invoquais la voix,
Mes vœux retentiraient... et par dessus les toits...
Mieux aimerais-je avoir, mais in petto, l'oreille
D'un Administrateur qu'un bon projet éveille.
Je lui dirais : « Monsieur, *Niederbronn* a des droits
A tout votre intérêt, et l'œuvre est méritoire :
Protégez sa Naïade, elle a de la mémoire.
Grâce au bien qu'elle fait depuis plus de mille ans,
Elle compte en tous lieux de nombreux partisans.
Venez donc à son aide, et que pour récompense,
D'user de sa vertu, son bon cœur vous dispense! »

Accepte, mon cher SPACH, ce minime tribut
Que j'aime à confier à ton esprit sagace.
J'ai rêvé plume en main... En faveur de mon but,
Auprès de toi mes vers, tels quels, trouveront grâce.
Quand on est, comme toi, rapproché d'un Pouvoir
Qui veut du bien public suivre partout la trace,
Seconder ses efforts c'est remplir un devoir,
C'est montrer tout le cœur d'un Enfant de l'Alsace.

Sur ce, mon digne Ami, j'obéis à mes yeux
En éteignant ma lampe... et te fais mes Adieux.

II.

UNE JOURNÉE DE NIEDERBRONN.

ESQUISSE

DÉDIÉE AUX BAIGNEURS PRÉSENTS ET FUTURS.

(1856.)

Naguère à *Niederbronn* la Naïade me dit :
« Fidèle visiteur, tu plaideras ma cause ! »
Je l'ai fait, mais j'ignore, avocat sans crédit,
Si l'on écoute mieux les vers que l'humble prose.
J'ai pu de *Niederbronn* vanter les bois ombreux,
Les vallons enchanteurs, les douces promenades ;
Mais je n'ai pas l'esprit assez présomptueux
Pour vouloir, en docteur, diriger les malades.
A qui faisais-je appel ? A ceux que leur santé
Autorise à choisir, en toute liberté,
Le lieu qui leur promet le plus de jouissances.
Je sais que *Bade* a droit à maintes préférences ;
Mais quand l'infirmité n'en fait pas un motif,
Je crois qu'on ferait bien d'être moins exclusif.
Vous donc qui chérissez les bois et le silence,
Qui fuyez volontiers le bruit et le fracas,
Venez, venez à nous ! sans sortir de la France,
L'urne de *Niederbronn* vous offre mille appas...
Afin qu'on la connaisse et lui rende justice,
D'un jour, pris au hasard, je vais faire l'esquisse.

Aux pieds de la Naïade, en son riant enclos,
Je contemple souvent à l'heure matinale;
Cet essaim de baigneurs malingres ou dispos,
Formant une Babel assez originale.
Je les vois absorber une onde sans égale
Pour qui sait, d'après *Kuhn* *, en user à propos...
Il en est quelques-uns, je ne saurais m'en taire,
Auxquels cette eau limpide a bien lieu de déplaire;
D'autres en font parfois un ridicule abus,
Et s'en gonflent, Dieu sait! jusqu'à n'en pouvoir plus.
Mais de pareils buveurs on ne saurait conclure
Que l'onde est sans vertus pour aider la nature;
Sur ce point tout dépend d'un corps plus ou moins sain :
Si tel avait moins bu soit de bière ou de vin,
Et s'il avait traité Gaster avec mesure,
Niederbronn produirait un effet plus certain.
Mais pour corriger l'homme il n'est pas de liquide,
Et mal venu serait qui lui mettrait la bride...
Ce monde en mouvement est curieux à voir :
Aux accords variés d'un orchestre intrépide,
Il boit, il marche, il fume et son front se déride.
Mais ses propos ouïs, parfois sans le vouloir,
Ne sauraient exciter la verve des poëtes...
Déjà de grand matin s'arrachant au repos,
Les dames de bon ton, en très-simples toilettes
Ravissent tous les yeux et ne sont pas muettes...
Dans la foule on distingue et sans nuls quiproquos,
La grâce, le mérite ou la vaine apparence.

---

* L'honorable docteur de Niederbronn, auteur d'une excellente
monographie de cette localité et de ses sources minérales.

Parfois à *Niederbronn* on voit aussi des sots,
Tout l'art est de savoir s'en tenir à distance.
Mais on s'y heurte moins avec des parvenus
Champignons de la Bourse, ou des joueurs perdus ;
Avec des hobereaux ou nobles de fabrique,
Dont l'orgueil colossal est devenu classique.
Dans ce monde sans faste ils seraient mal venus,
Et pour nous leur absence est un charme de plus !

Un spectacle amusant vient très-souvent distraire
Et d'un rire malin saisir les promeneurs.
Devant un photographe, au petit savoir-faire,
Se pose, en plein soleil, un cordon circulaire
De bons curés, d'abbés, de vénérables sœurs,
De fluettes beautés qu'enfle la crinoline,
De matrones des champs à face purpurine,
De scribes amaigris, de ventrus gros viveurs.
Tous soignant leur maintien, composant leur figure,
Avides de se voir reproduits en nature...
Chut ! en un rien c'est fait !... L'artiste glorieux,
Un moment disparu sous une couverture,
Montre, en se rengorgeant, son œuvre aux curieux,
Et leur lance un appel souvent contagieux.

Quand l'horloge a sonné neuf coups, heure magique,
On quitte la Naïade et le départ s'explique :
Le café, dit Moka, joint aux bons petits pains,
Rappelle les baigneurs à des plaisirs certains.
Après avoir bien bu, bien fait la gymnastique,
Le déjeuner pour tous est un vrai stomachique.

Mais avant de quitter la source on met aux voix
D'aller à *Wasenbourg**, ou de courir les bois...
Rendez-vous pris, bientôt la compagnie est prête ;
Elle se met en route et les dames en tête :
Leurs ânes trottinant sous un si noble poids,
Sont flanqués de baigneurs très-souvent aux abois ;
Les autres pèlerins cheminent sur leur trace,
Et montent bravement en dépit des chaleurs,
Salutaire exercice approuvé des docteurs.
L'entrain charme la course et trop tôt le temps passe !
On fait halte au château... Là souvent des lecteurs,
Par un conte ou des vers captivent l'assistance ;
Tel chante des couplets, tel autre une romance :
On applaudit toujours au talent, au bon goût.
Sans trop nuire au prochain on cause un peu de tout :
Parfois quelque censeur en souriant se lance ;
Témoin le *speech* qui suit d'un touriste plaisant,
Jaloux de s'amuser tout en nous amusant.

« Messieurs ! nous disait-il, on vante la science,
On exalte les arts, on fête les talents,
On se croit en progrès !... Quant à moi, je prétends
Que la *Gastronomie* est l'*Art* par excellence,
Et qu'on l'oublie à tort dans nos chaires en France !...
Quand l'homme primitif ne vivait que de glands,
Produisait-il alors des travaux éclatants ?
Était-il plus heureux ?... L'erreur serait profonde !
Le vrai progrès n'est pas l'œuvre des seuls savants ;
C'est sur l'utilité que mon avis le fonde :

---

*Château en ruine, qui domine la jolie vallée de *Niederbronn*.

Pour moi les cuisiniers sont les plus méritants!
Tel pâté de Strasbourg a mieux servi le monde
Que tel in-folio français, grec ou latin ;
Messieurs! je ne crains pas qu'un pédant me confonde :
J'ai pour moi les Berchoux, les Brillat-Savarin,
Et tous leurs partisans de Paris à Pékin...
L'art du gourmand n'est point de tant manger et boire,
D'aggraver de Gaster le rôle obligatoire ;
Non, c'est l'art de choisir, de connaître un plat fin ;
De savourer les mets, de déguster le vin ;
De se mettre à l'affût de toute friandise
Qui flatte le palais et qu'un vrai gourmand prise.
C'est grâce à ma recherche, à mon soin continu,
Qu'à *Bærenthal,* ce lieu jusqu'alors inconnu,
J'ai découvert, Messieurs, d'énormes écrevisses,
Dont tous les connaisseurs vont faire leurs délices.
Nous y fûmes à quatre et l'on nous en servit
Valant de vrais homards : cet éloge suffit!
Le monde en jouira plus que d'une comète
Qu'un astronome exhibe au bout de sa lunette*.
Si l'on veut le progrès, la gloire du pays,
A qui les demander? Aux *hommes bien nourris.*
Je le répète encor, je le dis à la France :
L'art de se bien nourrir c'est l'art par excellence,
Et je le recommande à tous les bons esprits. » —

Après ce plaidoyer, écouté sans réplique,

* Brillat-Savarin a dit dans ses *Aphorismes :* « La découverte d'un mets nouveau fait plus pour le bonheur du genre humain que la découverte d'une étoile. »

On lève la séance, on quitte *Wasenbourg*.
De l'antique manoir la formidable tour,
Aux nombreux visiteurs rappelle un âge inique,
Où régnait sans contrôle, un pouvoir tyrannique.
Plus d'un vieux romancier n'a peuplé ces castels
Que de galants varlets, de gentes châtelaines,
Alors que des barons avides et cruels
Opprimaient les bourgeois frémissant sous leurs chaînes,
Pillaient les voyageurs et guerroyaient entre eux
Pour fournir à l'orgie ou grossir leurs domaines ;
Mais l'Histoire a flétri ces brigands odieux,
Et leurs murs renversés lui servant d'interprète,
Redisent au pays que justice fut faite.

Des hauteurs d'*Oberbronn* par un joli sentier,
Nous descendons au seuil du garde-forestier.
Là s'ouvre un horizon où notre vue embrasse
Les champs, les prés, les bois, vrais trésors de l'Alsace.
De cet observatoire dans un vague lointain,
On découvre d'*Erwin* la fière pyramide ;
Entre la Forêt-Noire et nous, l'antique Rhin
Comme un ruban d'argent borde un tapis splendide.
L'œil ne se lasse pas d'admirer ce tableau,
Qui le charme toujours par quelque objet nouveau.

A cette halte à l'ombre où l'enjouement préside,
Des chaleurs du midi nous bravons le fardeau ;
Mais pressés par le Temps dont la course est rapide,
Nous revenons au gîte à l'heure du repas :
La cloche fait l'appel et nous n'y manquons pas !
Au dîner sans raideur où chacun se restaure,

L'esprit et la gaîté se donnent rendez-vous ;
Puis au Salon le soir on se revoit encore,
Et tous de s'applaudir d'un régime aussi doux.

Donc, si par de tels jours *Niederbronn* nous attire ;
Si son cristal liquide opère tant de bien,
Félicitons-nous en, et si l'on vient nous dire :
«Vous seriez mieux ailleurs,» — ma foi, n'en croyons rien
Sans doute le voyage offre encor maint déboire :
Puissent bientôt les chars ailés de la vapeur,
Sur les vieux *Omnibus* emporter la victoire,
Et satisfaire au vœu que forme tout baigneur !

  Strasbourg, 10 mai 1856.

POST-SCRIPTUM

en réponse au feuilleton de M. le docteur KUHN, dans l'*Alsacien* du
19 juin 1856.

J'apprends, en achevant cette esquisse légère,
Que le vieux *Niederbronn* vient de se rajeunir.
Grâce à l'heureux appui d'un Pouvoir tutélaire,
La Naïade n'a plus désormais à gémir :
Au lieu du pavillon à forme surannée,
D'un dôme de cristal la source est couronnée ;
Un double promenoir, objet de tous les vœux,
Abrite les baigneurs dans les jours orageux.
Au travers des forêts une route percée,
Par l'insensible pente à sa courbe laissée,
Permet de parcourir, même en char, les hauteurs.

Des kiosques plus nombreux, des chemins plus faciles,
De beaux points de repos s'offrent aux promeneurs...
Hommage à qui de droit pour ces travaux utiles,
Qui vont de la Naïade augmenter les attraits.
Longtemps on nous berçait de paroles stériles;
Aujourd'hui sans fracas on comble nos souhaits.
Moins *parler*, mais *agir*, c'est là le vrai progrès :
 Il fait honneur à nos édiles !

Strasbourg, 22 juin 1856.

PAUL LEHR.

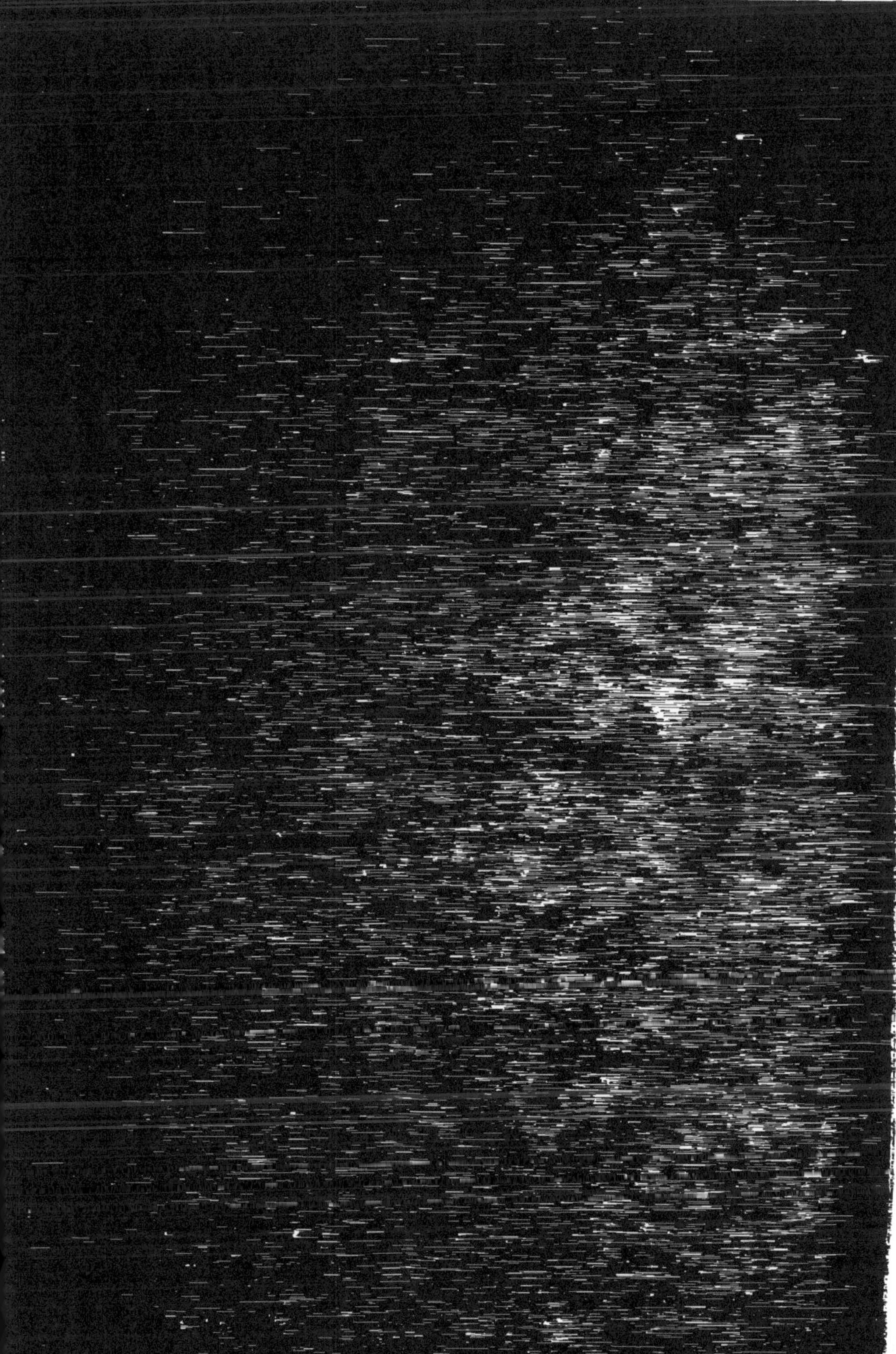